きくち駄菓子屋《だがしや》

文 かさいまり
絵 しのとうこ

アリス館

1

ぼく、佐藤浩介《さとうこうすけ》、十歳《さい》。

まだ、十年しか生きてない。

だから、初《はじ》めての事《こと》がいっぱいある。

うまくいかなくて、時間《じかん》がかかることもいっぱいある。

なのに、母《かあ》さんはあっさりいう。

「新《あたら》しい町に、早く慣《な》れてね」

夏休《なつやす》みに入ったばかりのある日。ぼくと母《かあ》さんは、新《あたら》しく住《す》む町に向《む》かって、朝早《あさはや》く飛行機《ひこうき》に乗《の》った。

空港《くうこう》からは電車《でんしゃ》を乗《の》りつぎ、今度《こんど》はバスだ。

四つ目のバス停《てい》で、バスをおりると、目の前《まえ》には、山登《やまのぼ》りに来《き》たみたいな坂道《さかみち》。こんな急《きゅう》な坂道《さかみち》、見たことない。

「母《かあ》さん。ひょっとして、ここあがる？」

「そう、地獄坂《じごくざか》っていうんだよ」

「えっ、やな名前《なまえ》」

「坂《さか》の上には、えんま大王がいて、毎日町《まいにち》を見おろして、うそつきを見つけたら舌《した》をぬきに来《く》るって。昔《むかし》の人の言《い》い伝《つた》えだよ。おもしろいね」

「そんな坂《さか》、あがりたくない！」

「あがらないと、おばあちゃんの家《いえ》に着《つ》かないよ」

母《かあ》さんは、いいおわらないうちに、もうあがり始《はじ》めてる。ぼくは、しかたなくついていった。

坂道《さかみち》をあがりはじめると、さっきまですずしかったのに、あせが止《と》まらない。リュックが重《おも》く感《かん》じる。

「浩介《こうすけ》、ちょっと寄《よ》り道《みち》。坂《さか》の上に公園《こうえん》ができたから、先に行《い》ってみよう」

「その公園《こうえん》に、えんま大王いるかも」

「あはは。じゃあ、今日《きょう》からよろしくって、あいさつしとかなきゃ」

よいしょ、よいしょ。ようやくたどり着《つ》いた。

だれもいない。そうだよ、こんな公園《こうえん》こわくてだれも来《く》るわけないさ。

「うわぁ！」

下を見おろして、びっくり。町並《まちな》みが広《ひろ》がってる。その向《む》こうには、大きな海《うみ》。ここがぼくの住《す》む町になる。

公園《こうえん》を見わたすと、ベンチが二つ。そっけないほど、なんにもない。

えんま大王なんて、いるわけないよ。

ぼくは、リュックとカードケースをベンチに置《お》いた。

「海《うみ》と山があって坂《さか》の多《おお》い港町《みなとまち》。ふるさとは、やっぱりいいなあ」

母《かあ》さんは深呼吸《しんこきゅう》してからいうと、まぶしそうに目を細《ほそ》めた。

「どう？　この町、気にいった？」

「さっき着《つ》いたばっかりだよ。そんなのわかんないよ」

「そっか。三つくらいのとき、来《き》ただけだもんね。覚《おぼ》えてないかあ」

遠《とお》くに見える海《うみ》。あそこに飛《と》んでるのが、カモメっていうのかな。

だまってたら、母《かあ》さんがちょっと優《やさ》しい声《こえ》でいった。

「浩介《こうすけ》、ごめんね」

「何《なに》が？」

「父《とう》さんと別《わか》れたこと。

おばあちゃんのいる、この町で暮《く》らすこと。

浩介《こうすけ》は、学校が変《か》わること」

夏休《なつやす》み前《まえ》に、父《とう》さんと母《かあ》さんは離婚《りこん》した。そして引《ひ》っ越《こ》しのことは、夏休《なつやす》みに入ってから母《かあ》さんが急《きゅう》に決《き》めた。

「おばあちゃんのひとり暮《ぐ》らしも、そろそろ心配《しんぱい》だし。まっ、ちょうどいいかも」

って、母《かあ》さんはいった。

母《かあ》さんは、なんでもすぐ決《き》めて、すぐ実行《じっこう》する。身《み》のまわりのものをあっという間《ま》に箱《はこ》につめて、昨日《きのう》、引《ひ》っ越《こ》し屋《や》さんが全部《ぜんぶ》持《も》っていった。家具《かぐ》とかは、ほとんどおいたまま。母《かあ》さんの妹《いもうと》がそのまま住《す》むことになったから。

「母《かあ》さんがんばるから、浩介《こうすけ》も新《あたら》しい町に、早《はや》く慣《な》れてね」

ぼくは、返事《へんじ》ができなかった。そんなに簡単《かんたん》に慣《な》れるわけない。大変《たいへん》なことを、母《かあ》さんはいつもあっさりという。

ぼくは、友《とも》だちできるのに、すごく時間《じかん》がかかるのに。前《まえ》の学校だって、やっと、友《とも》だちできたのに……。

真《ま》っ白《しろ》いちょうちょが、ゆらゆら飛《と》んできて、ベンチにおいたカードケースの上に止《と》まった。あのちょうちょは、けんちゃんかもしれない。なんとなく、そう思《おも》った。


ぼくのたったひとりの友《とも》だち、けんちゃん。

引《ひ》っ越《こ》しが決《き》まってから、早くいわなきゃと思《おも》ったけど、どうしてもいえなかった。

でも、昨日《きのう》の夕方《ゆうがた》、けんちゃんの家《いえ》に行《い》って、やっといった。

けんちゃんは、すごくびっくりして、それからすごくおこった顔《かお》をした。

「まったく、あきれるよな。引《ひ》っ越《こ》しの前《まえ》の日に、いいに来《く》るなんてさ」

「ごめん。何回《なんかい》もいおうとしたけど、いえなくて」

ぼくは、泣《な》きそうになった。

「ちょっとまってろ」

けんちゃんは、部屋《へや》にもどると、カードケースを持《も》ってきた。少《すこ》しずつためてきた大事《だいじ》なカードが、びっしり入ってる。

「やるよ」

けんちゃんの、ぶっきらぼうな声《こえ》。

「だってこれ、けんちゃんの宝物《たからもの》だよ」

ぼくが、手《て》を出せないでいると、けんちゃんはむりやりぼくの胸《むね》に、カードケースをおしつけた。

けんちゃんも、泣《な》きそうな顔《かお》をしてた。

「新《あたら》しい学校に行《い》っても、静《しず》かにしてたら、友《とも》だちなかなかできないぞ。自《じ》分《ぶん》から話《はな》しかけるとかさあ」

「うん」

「おれみたいな気の合《あ》う友《とも》だち、なかなかいないぞ」

「うん」

ぼくは、心《こころ》のそこからそう思《おも》っている。

三年生になってクラスがえがあったとき、すぐにみんなの人気者《にんきもの》になったけんちゃん。けんちゃんのまわりには、いつもみんなが集《あつ》まってた。ぼくは、その中に入れなかった。

「佐藤《さとう》は、おとなしすぎるから」

「自分《じぶん》からはなんにも話《はな》さないんだ、あいつは」

「いてもいなくても変《か》わんないよね」

いろいろな言葉《ことば》が、ぼくの心《こころ》につきささると、ますます何《なに》もいえなくなってた。

でも、あのとき――。

雨上がりの放課後《ほうかご》。ぼくは帰《かえ》り道《みち》で、かきねの葉《は》っぱにカタツムリを見つけてながめてたら、けんちゃんが通《とお》りかかった。

「カタツムリ、でかいな」

と、けんちゃんがいった。

「うん。こんなに大きいのは、きっと十年は生きるよ。このカタツムリ、からが右巻《みぎま》きだね。右巻《みぎま》きと左巻《ひだりま》きの貝がらって体《からだ》の左右も全部《ぜんぶ》反対《はんたい》になってるんだ。触角《しょっかく》の先っぽに目玉がくっついてるの。それに、オスとメスが合体《がったい》してるんだ」

「佐藤《さとう》って、すごい物知《ものし》りなんだね。それに教室《きょうしつ》では、全然話《ぜんぜんはな》さないのに、こんなに話《はな》すんだあ」

「あ、うん、虫とかいろいろ好《す》きなものは、よく本を読《よ》んでいたから……」

なんだか、自分《じぶん》でもびっくりするくらいけんちゃんに、すらすら話《はな》せた。

それから、ふたりでいろいろな話《はなし》をした。ぼくはうれしくてたまらなかった。

教室《きょうしつ》でも、けんちゃんがぼくに話《はな》しかけるようになったら、まわりのみんなもぼくに話《はな》しかけるようになった。けんちゃんのおかげで、ようやくクラスの仲間《なかま》になれた。

そして、いつのまにか、けんちゃんとは大の仲良《なかよ》し。

ぼくにとって、けんちゃんは一生の友《とも》だち。

ようやくできた、ぼくの友《とも》だち——。

帰《かえ》り道《みち》、ぼくは走《はし》った。

「引《ひ》っ越《こ》しなんていやだ！」

初《はじ》めて声《こえ》に出してさけんだ――。

そんな、昨日《きのう》の事《こと》を、ぼんやり思《おも》い出《だ》しながらちょうちょを目で追《お》った。

父《とう》さんがいなくなったこと、けんちゃんと別《わか》れたこと――。

ぼくには、ちょっと重《おも》いよ。母《かあ》さんみたいに元気《げんき》になれない。でも……母《かあ》さんも元気《げんき》なふりをしてるだけかな。ぼくに、いろいろな事《こと》いうけど、自分《じぶん》にもいいきかせてるのかな。

母《かあ》さんの横顔《よこがお》見てたら、そんな気がした。

2

新《あたら》しい町の、おばあちゃんの家《いえ》での生活《せいかつ》が始《はじ》まった。小さい庭《にわ》もあって、ちゃんとぼくの部屋《へや》もある。ごはんは、おばあちゃんが作《つく》ってくれる。

母《かあ》さんは、引《ひ》っ越《こ》したばかりなのにもう働《はたら》き始《はじ》めた。ずっと美容師《びようし》をやってたから、仕事先《しごとさき》はすぐに見つかったんだって。だから、夜《よる》は、帰《かえ》ってくるのがちょっとおそい。

「おばあちゃんのいうことよく聞《き》いてね」

「うん、わかった」

おばあちゃんは、今《いま》までひとり暮《ぐ》らしだったから、ぼくたちが来《き》て、すごくうれしそうだ。

「家《いえ》の中が、にぎやかになったねえ。浩介《こうすけ》のめんどうは、しっかり見ておくから、心配《しんぱい》しないで働《はたら》いておいで」

と、母《かあ》さんにいってる。

おばあちゃんは、すごく優《やさ》しいけど、ぼくにいろいろなことをいう。

「たくさんねたかい？」

「いっぱい食《た》べないと大きくなれないよ」

「声《こえ》が小さいね」

「シャワーだけじゃなく、湯《ゆ》にしっかりつかるんだよ」

ぼくが、ちょっとでも、ぼうっとしてると、びっくりして聞《き》く。

「浩介《こうすけ》、どっか具合《ぐあい》でも悪《わる》いのかい？」

「えっ？　だいじょうぶだよ」

ぼくの方《ほう》が、びっくりする。ぼくは、ぼうっとしてるときに、エネルギーをたくわえているんだ。

頭《あたま》からっぽにして充電中《じゅうでんちゅう》なのに。

おばあちゃんは、ぼくがぼうっとしてると、心配《しんぱい》するってわかったから、ごはんがおわったら、すぐ自分《じぶん》の部屋《へや》にもどることにした。

ぼくだけの城《しろ》。なんだかほっとする。

でもそうしたら、それはそれで心配《しんぱい》する。

「浩介《こうすけ》は、ごはん食《た》べたらすぐ部屋《へや》に入ってしまう。ずいぶんと、おとなしい子になったねぇ。三歳《さい》のときに会《あ》っただけだから。このままでだいじょうぶかねぇ」

と、母《かあ》さんにいってるのが聞《き》こえた。

「だいじょうぶよ。あの子がおとなしいのは、個性《こせい》よ」

「今《いま》は、なんでも個性《こせい》個性《こせい》っていうけどねぇ。いいたいことは、きちんといえる子にしないと。がまんさせてるんじゃないの？」

「そんなことないよ。だいじょうぶだよ」

母《かあ》さんが、おばあちゃんの心配《しんぱい》をあっさりはねのけた。

「そうかねぇ。浩介《こうすけ》を見てると気が気でないよ。早く、友《とも》だちできるといいねぇ」

「新学期《しんがっき》になったら、きっとできると思《おも》うわ」

ぼくは、二人の話《はなし》を部屋《へや》で聞《き》きながら思《おも》った。おばあちゃんと母《かあ》さんは、足《た》して二で割《わ》ると、ちょうどいい。どうしておばあちゃんは、心配《しんぱい》ばっかりするのだろう。ぼくのことは、ほっといてくれていいのに。

きっと、おばあちゃん、ぼくのことにすごくいっしょうけんめいなんだ。おばあちゃんつかれちゃうよ。

ぼくも、おばあちゃんといると、のんびりできない。

でも、母《かあ》さんが、仕事《しごと》に出かけると、毎日《まいにち》おばあちゃんと二人っきり。そうなると、もっとぼくのことが気になるみたい。ぼくのことをちらちら見て、何《なに》かいいたそうな顔《かお》になる。

夏休《なつやす》み中だから、学校もないし、行《い》くところもないけど、おばあちゃんといるのも、きゅうくつだから、ぼくは出かけることにした。

「浩介《こうすけ》、夕方《ゆうがた》までには、帰《かえ》るんだよ」

「うん」

外《そと》に出るとほっとする。どこ行《い》ってみようかな。そうだ、小学校に行《い》ってみよう。

探検《たんけん》だ！

だれにも聞《き》かないで、探《さが》しあてるんだ。

海《うみ》の方《ほう》かな、山の方《ほう》かな。

学校はどんな感《かん》じかなあ。校舎《こうしゃ》は、ぼくがいたところより小さいかな。でも、校庭《こうてい》はすっごく広《ひろ》いかもしれない。

商店街《しょうてんがい》をぬけて、なんとなく山側《やまがわ》の方《ほう》に向《む》かった。わざと、細《ほそ》い道《みち》をくねくねとまがってみたり……。あっ、学校！　と思《おも》ったら、市役所《しやくしょ》かあ。

あっ、市役所《しやくしょ》の裏《うら》の方《ほう》に見えたよ。

ついに見つけた、ぼくの小学校だ！　思《おも》ったより大きかった。

門《もん》の外《そと》から、ながめた。校庭《こうてい》は、やっぱり広《ひろ》いな。友《とも》だちできるかな。

ちょこっとの不安《ふあん》を残《のこ》して、また歩《ある》きはじめた。

もう行《い》くところがなくなったから、つまんないな。

目的《もくてき》もなく、うろうろ歩《ある》いていたら、古《ふる》くさい看板《かんばん》の、古《ふる》くさい店《みせ》を見つけた。

「きくち駄菓子屋《だがしや》……ふーん」

看板《かんばん》の字、色《いろ》がはげてる。中もせまそうだけど、ぼくはすいこまれるように店《みせ》の中に入った。おくの方《ほう》にじいちゃんがいて、じろっとぼくを見た。

どきっとした。

でも、じいちゃんは、目をそらすと新聞《しんぶん》を読《よ》み始《はじ》めた。うるさいじいちゃんじゃなさそうだ。あーだこーだと、聞《き》かれるのはいやだもの。きょろきょろ店《みせ》の中を見わたした。前《まえ》に住《す》んでいた町の駄菓子屋《だがしや》と、おんなじおかしがたくさんあったから、なんとなく安心《あんしん》した。

ソースせんべい……うまい棒《ぼう》……ヤングドーナツ……あっ、ミニコーラ！

ビッグカツ、これ好《す》きなんだ。

クッピーラムネ！　モロッコヨーグルト、あっ、チョコバットだ。これの当《あ》たりくじで、ホームラン三回《かいひ》引いたことあるんだ。

じいちゃんがいることも忘《わす》れて、ゆっくりおかしをながめた。でも、じい

ちゃんは何《なに》もいわない。ずっといたけど何《なに》もいわない。

なんだか、ほっとする。ぼくは、何《なに》もいわずにお店《みせ》を出て、うちへ帰《かえ》った。

次《つぎ》の日、きくち駄菓子屋《だがしや》に行《い》ったら、じいちゃんがじろっとぼくを見た。

うまい棒《ぼう》を買《か》って、外《そと》のベンチで食《た》べた。時間《じかん》はたっぷり。また店《みせ》の中に入っておかしをながめた。じいちゃんは、なんにもいわない。


それから毎日《まいにち》、きくち駄菓子屋《だがしや》に行《い》くようになった。あいかわらず、じいちゃんは、じろっと見るだけ。おこづかいがあるときは、おかしを買《か》う。おこづかいがないときは、おかしを見る。

いつの間《ま》にか、きくち駄菓子屋《だがしや》のおかしは、目をとじても何《なに》が、どこにあるかわかるようになった。あんまりきれいにならんでない。そのごちゃごちゃしたところも意外《いがい》と好《す》きだ。

ある日、あんまり静《しず》かに見てたら、じいちゃんが話《はな》しかけてきた。

「今日《きょう》は、見てるだけか」

「うん」

「そうか」

じいちゃんは、もうなんにもいわない。

じいちゃんのところだけ、扇風機《せんぷうき》がまわってる。

クーラーなんてない。

ぼくは、じとっとあせばんできた。

外《そと》のベンチにすわっても、やっぱり暑《あつ》い。しかたなくぼくは公園《こうえん》に行《い》って、日かげに入った。

時々《ときどき》おばあちゃんがおこづかいをくれる。

今日《きょう》は、昨日《きのう》のおこづかいが残《のこ》ってたから、くじを引《ひ》くことにした。

二回《かい》、引《ひ》こうっと。

いきおいをつけて、きくち駄菓子屋《だがしや》に入った。そうしたら、ぼくが引《ひ》きたかったスーパーボール大当《おおあ》たりくじをだれかが引《ひ》いてた。

「わあ、一番《ばん》が出た！」

その子《こ》はいうと、もう一回引《かいひ》いた。

「わっ、今度《こんど》は二番《ばん》だ！」

その子は、大きいボールを二つもらって帰《かえ》っていった。おんなじくじを引《ひ》いても、小さいボールしか残《のこ》ってない。

しかたないから、ちがうくじを引《ひ》くことにした。ぼくは迷《まよ》って迷《まよ》って、ようやく大当《おおあ》たりガムのくじを引《ひ》いた。

「六等《とう》、ビリか」

じいちゃんがぼそっといった。わざわざいわなくてもいいのに。

もう一回引《かいひ》いた。

「六等《とう》!」

じいちゃんが、またいった。なんだか、はずかしい。

三人組《にんぐみ》の男の子が、店《みせ》に来《き》て急《きゅう》に、にぎやかになった。ぼくは、そっと店《みせ》を出た。

3

今日《きょう》は、朝《あさ》からずっときんちょうしている。

ついに二学期《がっき》が始《はじ》まって、新《あたら》しい学校へ行《い》った。

担任《たんにん》の先生に連《つ》れられて、教室《きょうしつ》に入ると、きんちょうはピークになって、
頭《あたま》の上から電流《でんりゅう》が走《はし》った。クラス中の目が、ぼくを見てる。

「佐藤浩介《さとうこうすけ》です」

ようやく小さい声《こえ》でいった。

「それだけ？　もっと何《なに》かいってもいいよ」

先生は、いってくれたけど無理《むり》。立ってるだけでもせいいっぱい。ぼくは
頭《あたま》真《ま》っ白《しろ》になって、下を向《む》いたまま動《うご》けなかった。

教室中《きょうしつじゅう》がしーんとなった。

「みんな仲良《なかよ》くしてあげよう。はい。佐藤《さとう》くんは、あの席《せき》だよ」

先生が、静《しず》けさをやぶるようにいって、指《ゆび》さした。ぼくは、みんなを見ることもできず下を向《む》いたまま、いわれた席《せき》に着《つ》いた。

それから、どういうふうに時間《じかん》がたったのか覚《おぼ》えてない。

休み時間《じかん》になると、何人《なんにん》かがぼくのそばに来《き》て話《はな》しかけてくれた。

でも、ぼくはうまく返事《へんじ》ができなかった。

話《はな》そうとすると、頭《あたま》の中では言葉《ことば》がうかんでいるのに口がひらかない。頭《あたま》と口がけんかしてる。頭《あたま》も口もぼくなのに。そのうちあせが出てきた。

話《はな》しかけてくれたのがすごくうれしかったのに、返事《へんじ》ができなくてすごくくやしかった。

だれかの声《こえ》がした。

「せっかく声《こえ》かけてやったのに。へんなヤツ」

そのうち、もうだれも声《こえ》をかけてこなくなった。

ここにいるのがつらい。早く帰《かえ》りたい。帰《かえ》りたい……。

ぼくの頭《あたま》の中は、それだけ。

放課後《ほうかご》になると、だれよりも先に教室《きょうしつ》を飛《と》び出《だ》した。走《はし》って校門《こうもん》を出た。

前《まえ》の学校でも、けっこう存在感《そんざいかん》のないタイプっていわれてた。いてもいなくても、あんまり変《か》わらないって。声《こえ》はちっちゃいし、すぐきんちょうするし、細《ほそ》っこいし。

学校変《か》わったって、やっぱりおんなじだった。そう思《おも》ったら、心《こころ》がぷしゅーっとしぼんだ。

ほんとは、ちょっと期待《きたい》してたんだ。みんなは、今《いま》までのぼくを知《し》らない。だから、堂々《どうどう》とあいさつをして、元気《げんき》にみんなと話《はなし》ができて、友《とも》だちなんかすぐにできちゃったりして……。そんな想像《そうぞう》してた。

だけど、全然《ぜんぜん》ちがう。やっぱり急《きゅう》に変《か》われるわけないんだ。

前《まえ》の学校では、けんちゃんがいたから、いろいろなところで助《たす》けてもらった。けんちゃんのおかげで、ようやくみんなと遊《あそ》べるようになったんだ。

でも、ここにけんちゃんはいない。けんちゃんがいなくてもだいじょうぶなんだって、ぼくは自分《じぶん》にいいきかせてたのに。

最初《さいしょ》がこうなら、明日《あした》もおんなじかもしれない。ぼくは、カタカタとランドセルの中のふでばこの音を聞《き》きながら走《はし》った。


あっ、きくち駄菓子屋《だがしや》。

看板《かんばん》も入口《いりぐち》も、すごくなつかしく思《おも》えて店《みせ》に入ってしまった。

じいちゃんがじろっと見た。

「学校、始《はじ》まったんだろ。より道《みち》はだめだぞ」

「うん、ちょっとだけ」

じいちゃんは、それ以上《いじょう》なんにもいわないで、新聞《しんぶん》を読《よ》みはじめた。しーんとしてる。

朝《あさ》から、きんちょうしてたから、きくち駄菓子屋《だがしや》でじいちゃんの顔《かお》を見たらほっとした。


それからの毎日《まいにち》、ぼくはクラスでもいるようないないような……そんな感《かん》じだと思《おも》う。転校生《てんこうせい》って、どうやってみんなの中に入っていけるんだろう。

休み時間《じかん》には、みんな放課後《ほうかご》の遊《あそ》ぶ約束《やくそく》をしてる。でも、ぼくはさそわれない。

別《べつ》に、いじわるされてるわけじゃないよね。無視《むし》されてるわけじゃないよね。ただ、仲間《なかま》じゃないだけ。友《とも》だちじゃないだけ――。

家《いえ》では母《かあ》さんがあっさり聞《き》いてくる。

「学校楽《たの》しい？　友《とも》だちできた？」

母《かあ》さんは小学校のとき、すごく楽《たの》しくて友《とも》だちいっぱいいたんだって。だから、ぼくも同《おな》じだと思《おも》ってるのかな。もしも学校つまんない、友《とも》だちいないっていったら、母《かあ》さんはすごくびっくりして、ぼくのことかわいそうだって思《おも》うだろうな。

そんなふうに、思《おも》われたくない。それにきっと心配《しんぱい》するだろうな。だからますますいえない。


ある日、学校でみんながグループを作《つく》って社会科見学《しゃかいかけんがく》に行《い》くことになり、グループ分《わ》けがはじまった。みんな仲良《なかよ》しで、グループを作《つく》る。ぼくだけがあまった。

「佐藤《さとう》くんも、どこかに入りなさい」

先生は、ぼくを見ていう。しかたないから、となりの森田《もりた》くんに聞《き》いた。

「入ってもいい？」

森田《もりた》くんは、一瞬《いっしゅん》困《こま》った顔《かお》をして、まわりの仲間《なかま》を見た。みんな、だまってしまった。

「別《べつ》に、かまわないけど……」

森田《もりた》くんの、めいわくそうな声《こえ》。

「じゃあ、よろしく」

ぼくの声《こえ》がふるえた。

くやしいな。ぼくってなんなんだ。ぎゅっと手をにぎりしめた。

放課後《ほうかご》、真《ま》っ先《さき》に学校を飛《と》び出《だ》して走《はし》った。そして、きくち駄菓子屋《だがしや》に飛《と》びこんだ。

じいちゃんのじろっを見たとたん、ぼくは、今《いま》までがまんしてたものが爆《ばく》発《はつ》した。なみだが止《と》まらなかった。

「いじめられたか?」

じいちゃんが静《しず》かに聞《き》いた。

ぼくは、首《くび》を横《よこ》にふった。なんていったらいいんだろう。

「みんなの中に入っていけないんだ。無視《むし》されてるわけじゃないけど、いてもいなくてもいいような……」

ぼくは、つっかえながらいった。じいちゃんにいうつもりなかったのに、勝手《かって》に口がしゃべった。

「そうか……くじ引《ひ》くか?」

「お金、ない」

「金のかわりに、なみだをおいていけ」

「……」

ぼくは、うなずいた。

「大当《おおあ》たり！」

じいちゃんが、にっと笑《わら》った。ぼくも、手でぐいっとなみだをふいてにっと笑《わら》った。

次《つぎ》の日は、また昨日《きのう》とおんなじで、ぼくは下を向《む》いたままだまって、静《しず》かにしてるだけ。だれからも話《はな》しかけられないで、時間《じかん》がすぎていく。

帰《かえ》り道《みち》、またきくち駄菓子屋《だがしや》に行《い》った。じいちゃんのじろっを見たら、また泣《な》きそうになった。

「くじ、引《ひ》いていけ」

ぼくは、なんだか悪《わる》くて、首《くび》を横《よこ》にふった。

「ただで引《ひ》くのは……」

「子どものくせに、気をつかってるのか」

「じいちゃんの顔見《かお》たからもういい。帰《かえ》る」

なんだか、安心《あんしん》した。

次《つぎ》の日、目がさめると、学校に行《い》くのがいやになってた。でも、母《かあ》さんにいえない。楽《たの》しそうなふりをして学校に行《い》く。

放課後《ほうかご》になると、また、きくち駄菓子屋《だがしや》に走《はし》った。

「あれ？」

店《みせ》がしまってる。どうしたんだろう、こんなの初《はじ》めて。じいちゃん、かぜ引《ひ》いたのかな。とぼとぼ家《いえ》に帰《かえ》った。なんだかすごく気になった。

次《つぎ》の日、やっぱり気になって放課後《ほうかご》きくち駄菓子屋《だがしや》に走《はし》った。あいてるかな、しまってるかな……。

「あいてる！」

すごくうれしくなって、店《みせ》に飛《と》びこんだ。あれ？　知《し》らない女の人。女の人は、ぼくを見ると、

「ちょっと待《ま》って」

といって、おくから紙《かみ》を持《も》ってきた。

「ああ、似《に》てる。きみね」

紙《かみ》をぼくに見せてくれた。

「ほら、似《に》てるでしょ」

ぼくにそっくりの子がかいてある。

「これ、おじいちゃんがかいたの」

「ここのじいちゃん？」

「そうだよ。きみさあ、おじいちゃんに名前《なまえ》いってないでしょ」

ぼくは、うなずいた。だって今《いま》まで聞《き》かれたことなかったもの。

「だからさ、こんな子が毎日店《まいにちみせ》に来《く》るんだっていってね。おじいちゃん、いっしょうけんめいかいてさ」

「どうしてぼくをかいたの？」

「きみが来《き》て、もし店《みせ》がしまってたらきっと悲《かな》しむっていってね。だからさ、君《きみ》が学校おわるころだけ、店《みせ》あけておいてくれって。まあ、わたしは浪《ろう》人生《にんせい》で時間《じかん》はあるから、バイトにしてもらったんだけどね」

「ぼくのために店《みせ》あけたの？」

「そう」

「じいちゃん、どっか行《い》ったの？」

「病院《びょういん》」

「どっか、悪《わる》いの？」

「まあね。もう年だもの」

「じいちゃん……」

「だいじょうぶ。じき退院《たいいん》できるって。それでね、きみが来《き》たら、くじを一回引《かいひ》かせてやってくれって。お金はとるなって」

「じいちゃん、そんなこといったの……」

ぼくはびっくりして、すごくじいちゃんに会《あ》いたくなった。

「おじいちゃんが退院《たいいん》するまで、毎日来《まいにちき》てもいいよ。わたしが代《か》わりにくじ引《ひ》かせてあげる」

「じいちゃん、また帰《かえ》ってくる？　また、あのいすにすわってる？」

「そうだよ。安心《あんしん》しな」

女の人は、フフッと笑《わら》って、店《みせ》の中をぐるっと見わたした。

「古《ふる》くてさ、こんなにひまな店《みせ》、おじいちゃんもうやめちゃえばっていったらね、今《いま》はだめなんだっていわれたよ。毎日《まいにち》、来《く》る子がいるから。その子には、この店《みせ》が必要《ひつよう》なんだって」

「じいちゃん……」

「おじいちゃんらしいぶっきらぼうなやさしさかなあ。そうそう、わたしはゆき子。ゆきねえちゃんでいいよ。おじいちゃんの孫《まご》になるわけ。きみ、名《な》前《まえ》は？」

「佐藤浩介《さとうこうすけ》」

「よし、浩介《こうすけ》。明日《あした》もまってるよ」

それから、毎日《まいにち》きくち駄菓子屋《だがしや》に行《い》った。

前《まえ》とちがうのは、超特急《ちょうとっきゅう》で家《いえ》にランドセルをおいてから行《い》くこと。

ゆきねえちゃんは、じいちゃんとちがってよく笑《わら》う。

学校で、友《とも》だちできないことや、なんとなく空気みたいだってこと、母《かあ》さんにいえないことが、どうしてかわからないけど全部《ぜんぶ》いえた。

ゆきねえちゃんは、いっぱい聞《き》いてくれる。でもいつもうんとか、ふーんとか、ケラケラ笑《わら》ったりとか。そんなのばっかりで、いいことといってくれるわけでもない。こうした方《ほう》がいいとか、そんなこともいわない。

そういえば、ゆきねえちゃんは、ぼくのことを子どもあつかいしない。対《たい》等《とう》に話《はな》してくる。だからいつのまにか、ゆきねえちゃんと同《おな》じ歳《とし》みたいに話《はな》してた。

今日《きょう》、きくち駄菓子屋《だがしや》で、きょろきょろおかしを見て気がついた。

「あれ？　ゆきねえちゃん、このおかし、場所《ばしょ》変《か》えた？」

「ああ、さっきね。でもよくわかったね」

「だって、毎日来《まいにちき》てるから、何《なに》がどこにあるか全部《ぜんぶ》わかってるもん」

「えーっ、ほんとにそうならすごい！」

「ほんとにそうだよ」

「だったら実験《じっけん》。目をとじて後《うし》ろ向《む》く」

ぼくは、クスクス笑《わら》いながら目をとじて後《うし》ろを向《む》いた。

「では、うまい棒《ぼう》はどこ？」

「えーと、チーズあられときなこ棒《ぼう》の間《あいだ》！」

「おっ、すごい。じゃあ、紋次郎《もんじろう》いかは？」

「マーブルガムとサイコロキャラメルの間《あいだ》」

「あたってるぅ。今度《こんど》はむずかしいよ。すもも漬《づけ》とヤッターめんの上には、何《なに》がぶらさがってる？」

「えーと、えーと、スーパーボール大当《おおあ》たりのくじ！」

「きゃっ、浩介《こうすけ》、すごすぎ」

ほめられて、うれしくなった。

「それって、すごい記憶力《きおくりょく》だよ。どうやって覚《おぼ》えた？」

「わかんないよ。写真《しゃしん》みたいに、頭《あたま》ん中でうかぶだけ」

「その記憶力《きおくりょく》は、勉強《べんきょう》にも効果《こうか》ある？」

「今《いま》んとこないと思《おも》う。好《す》きなものしか覚《おぼ》えないもん」

「うーん、残念《ざんねん》。勉強《べんきょう》にそれを生かせばさぁーっていうか、その才能《さいのう》、わたしにあれば、来年《らいねん》は大学受《う》かるかも」

「そんなもんなの？」

「そんなもんよ」

ゆきねえちゃんと話《はな》してると、あっという間《ま》に時間《じかん》は過《す》ぎる。でも、じいちゃんのいすにじいちゃんがいないのは、さびしいな。

今日《きょう》で、じいちゃんが入院《にゅういん》してから一週間《しゅうかん》が過《す》ぎた。クラスでは、あいかわらずいるようないないようなぼく。だれもぼくのこと気にしない。ぼくもそのほうが気が楽《らく》だ。

休み時間《じかん》、森田《もりた》くんたちが話《はな》している言葉《ことば》が、聞《き》こえた。

「あれは絶対《ぜったい》、きくち駄菓子屋《だがしや》のじいちゃんだよ」

どきっとして、聞《き》き耳をたてた。

「おれ、母《かあ》さんにくっついて、うちのじいちゃんのお見舞《みま》いに行《い》ったんだけど、となりのベッドにいたのが、きくち駄菓子屋《だがしや》のじいちゃんだったぞ。まちがいない」

と、山本《やまもと》くんがいってる。

「えーっ、入院《にゅういん》してたんだ」

「そういえば前《まえ》はあの店《みせ》よく行《い》ったけど、こっちの方《ほう》に新《あたら》しい駄菓子屋《だがしや》ができたから、今《いま》はこっちばっかりだもんな」

「わたしも新《あたら》しいお店《みせ》ばっかり。きくち駄菓子屋《だがしや》のおじいさん、こわいんだもの」

「そうだよな。いつもじろっとにらんでさ」

「感《かん》じ悪《わる》いよ」

「おれなんか、ちょっと店《みせ》の中でしゃべってたら、うるさい！　外《そと》でしゃべろ、とかいわれてさ」

「あの店《みせ》、全然《ぜんぜん》はやってないしさ」

「だよなーっ。よくあの店《みせ》やめないでやってるよな」

ぼくは、心臓《しんぞう》がばくばくしてきた。じいちゃんが、悪口《わるくち》いわれてる。あんなにやさしいじいちゃんなのに。

なにかいわなきゃと思《おも》ったとたん、体中《からだじゅう》が熱《あつ》くなった。

「き、きくち駄菓子屋《だがしや》のじいちゃんは、すごくいい人だよ！」

いえた！　でも、ぼくの声にびっくりして、みんながぼくを見た。

すごく背《せ》の高《たか》い太田《おおた》くんが、ぼくを見おろしていった。

「なんで、あのじいちゃんがいい人だってわかるんだ？」

「そっ、それは……」

そんなこといえない。ぼくのために、店《みせ》が必要《ひつよう》なんだっていってくれたじいちゃんだけど、そんなことといえるわけない。

「佐藤《さとう》くーん、あの感《かん》じわるーいじいちゃんがどうしていい人なの？」

西《にし》くんがおどけていうと、みんなクスクス笑《わら》った。

「ひょっとして、しんせき？」

浅野《あさの》さんがいう。ぼくは、あわてて首《くび》を横《よこ》にふった。

「佐藤《さとう》くん、おれたちと合《あ》わないみたいでーす」

西《にし》くんのいい方《かた》に、みんなもっと笑《わら》った。

みんなは、じいちゃんのことわかってない。でも、ぼくは下を向《む》いてだまってしまった。くやしかったし、自分《じぶん》がなさけなかった。

放課後《ほうかご》、走《はし》ってきくち駄菓子屋《だがしや》に行《い》った。ゆきねえちゃんは、本を読《よ》んでいた。ぼくは、さっきのことを話《はな》した。

「まあ、みんなのいうのもわかるな。おじいちゃんにじろっと見られたら、そりゃ、感《かん》じわるいわ」

ゆきねえちゃんが笑《わら》ってる。

「でも、おじいちゃんのこと、かばってくれてありがとうね」

そんなほめられることしてない。一言《ひとこと》しかいえなくて、なんか撃沈《げきちん》した感《かん》じだもの。

「ぼく、ちゃんといえなかった」

「そんなことないよ。一言《ひとこと》でもいえたってすごいことだよ」

「でも……」

「気にしない、気にしない」

ゆきねえちゃんが笑《わら》った。ぼくは、ゆきねえちゃんの笑《わら》い声《ごえ》が大好《だいす》きだ。ゆきねえちゃんと話《はな》してると、大変《たいへん》なことも大変《たいへん》じゃないような、何《なん》とかなりそうな、ゆったりした気持《きも》ちになってくるから不思議《ふしぎ》だ。力がわいてくるような気がした。

じいちゃんが退院《たいいん》してきて、あのいすにすわったら、ぼくはもうだいじょうぶだよっていいたいな。だいじょうぶだよっていうんだ。

ぼくは、じいちゃんと約束《やくそく》したわけじゃないけど、心《こころ》の中で約束《やくそく》した。

次《つぎ》の日学校に行《い》きながら、どうやったらだいじょうぶっていえるようになれるのか考《かんが》えた。いざとなったら、やっぱりだれとも話《はな》せなくて、静《しず》かにしてしまう自分《じぶん》を想像《そうぞう》していた。

それから、ゆきねえちゃんを思《おも》い出《だ》した。ゆきねえちゃんの笑《わら》い声《ごえ》――。

そういえば、ぼくはすぐ思《おも》いこむ。だめかもしれないって思《おも》いこむ。わかってくれないって思《おも》いこむ。そして、すぐ不安《ふあん》になる。すぐ心配《しんぱい》する。

でも、もうそんなのやめよう。このままじゃいやだ。ぼくは、強《つよ》くそう思《おも》った。ものすごく強《つよ》く。あんまり強《つよ》く思《おも》ったから、顔《かお》に出た。

歩《ある》いてるとちゅう、森田《もりた》くんに会《あ》って、ぼくの方《ほう》から元気《げんき》に、おはようっていってみた。

「お、おはよう。なんか顔《かお》つきが、いつもとちがってみえた」

森田くんの、びっくりした顔《かお》。

ぼくはそのとき、心《こころ》の中でやった！　と思《おも》った。

たった一言《ひとこと》のきっかけで、ぼくは少《すこ》しだけ自信《じしん》を持《も》った。

教室《きょうしつ》に行《い》って、みんなに少《すこ》しだけど話《はな》しかけてみた。ちゃんと相手《あいて》の目を見て。だれかの話《はなし》で、おもしろかったらいっしょに笑《わら》った。

小さな石をつみあげるみたいにぼくは続《つづ》けた。

毎日…毎日。

4

ある日、森田《もりた》くんがいった。

「今週《こんしゅう》の土曜日《どようび》、いっしょに遊《あそ》ぼう！」

ぼくはびっくりしすぎて、きょとんとした顔《かお》をしたみたい。

「最初《さいしょ》、無視《むし》したりしてごめんな。なんだか佐藤《さとう》くんは、つまらなさそうでいつもすぐ帰《かえ》るだろ。おれたちと仲良《なかよ》くなる気がないんだって感《かん》じだったし、勝手《かって》にすればって思《おも》っちゃってさ」

「でもさ、最近佐藤《さいきんさとう》くん、なんかがんばってるって思《おも》ったんだ」

と太田《おおた》くんがいった。

「わたしも感《かん》じた。佐藤《さとう》くんってすごくいっしょうけんめい話《はな》そうとしてるんだもの」

浅野《あさの》さんもにこにこしながらいった。

「仲良《なかよ》くしようぜ！」

といったのは西《にし》くん。

ぼくは、めちゃくちゃうれしかった。

じいちゃん、よろこんでくれるかな。

そうしたら、もうひとつうれしいことがあった。

きくち駄菓子屋《だがしや》に行《い》ったら、ゆきねえちゃんがＶ《ブイ》サイン。

「明日《あした》、おじいちゃん退院《たいいん》！」

「やったあ！」

明日《あした》から、またじいちゃんはあのいすにすわって、じろっとぼくを見るのかな。

そして、ついに退院《たいいん》の日。

ぼくは放課後《ほうかご》、走《はし》ってきくち駄菓子屋《だがしや》に行《い》った。店《みせ》の入口《いりぐち》でそっと中をのぞいた。いすにすわっているじいちゃんがいた。

「じいちゃん！」

じいちゃんが、じろっとぼくを見《み》た。

「おーっ」

「じいちゃん、もうだいじょうぶなの？」

「まあな」

「あのね、これあげる」

ぼくは、まるめてリボンをかけた画用紙《がようし》をわたした。じいちゃんのうれしそうな顔《かお》。

「ほう、きくち駄菓子屋《だがしや》だ。よくかけてるな」

「うん、毎日少《まいにちすこ》しずつかいたんだ」

じいちゃんは、いすの横《よこ》のかべにはった。

「あのね、ぼくもうだいじょうぶなんだよ。昨日《きのう》、クラスの子にいっしょに遊《あそ》ぼうっていわれたんだ」

「そうか、そうか」

じいちゃんは、ぼくの頭《あたま》をごしごしした。

「がんばったな」

「うん」

「自分《じぶん》をほめてやれ」

「えーっ、自分《じぶん》で自分《じぶん》をほめるの？」

「そうだ、おまえの腹《はら》も背中《せなか》も手も足も、全部《ぜんぶ》だ」

「どうして？」

「そうしたら、体中《からだじゅう》が元気《げんき》になる。体《からだ》はうそつかん」

「うん、わかった」

「じいちゃんも退院《たいいん》して体中《からだじゅう》をほめたぞ。かみの毛《け》から足の指《ゆび》までな」

「浩介《こうすけ》、良《よ》かったね」

「うん」

ドアの向《む》こうから、ゆきねえちゃんがにょきっと顔《かお》を出した。

「よし。お祝《いわ》いにくじを一回《かい》引《ひ》いていいぞ」

「え？　じいちゃんの退院祝《たいいんいわ》いにぼくがくじを引《ひ》くの？」

「ちがうちがう。おまえのがんばった祝《いわ》いだ」

「何《なに》いってんの。浩介《こうすけ》とおじいちゃんと二人のお祝《いわ》いでしょ。さ、二人《ふたり》でくじ引《ひ》けばいいよ」

ゆきねえちゃんは、ぼくとじいちゃんの前《まえ》にくじを持《も》ってきた。

ぼくが引《ひ》いた。

「当《あ》たり！」

じいちゃんが引《ひ》いた。

「当《あ》たり！」


家《いえ》に帰《かえ》ると、母《かあ》さんが待《ま》ってたかのようにいった。

「浩介《こうすけ》、明日《あした》の土曜日《どようび》どこかに行《い》こうか」

「だめ！　ぼく友《とも》だちと遊《あそ》ぶ約束《やくそく》したんだ」

ぼくの声《こえ》、思《おも》わず力が入った。

「うおっ」

母《かあ》さんの変《へん》な大声《おおごえ》。それから、すごくうれしそうな顔《かお》をした。母《かあ》さんは、ぼくが休みの日、いつもひとりでいるのを知《し》ってる。

「浩介《こうすけ》、ひとっ走《ぱし》り公園《こうえん》に行《い》こうか。今《いま》なら、夕焼《ゆうや》けばっちり間《ま》に合《あ》うよ」

「うん」

ぼくたちは、ハアハアいいながら地獄坂《じごくざか》をあがった。

「うわぁ、きれい！　太陽《たいよう》からのプレゼントだねぇ」

「すごいや」

初《はじ》めてこの丘《おか》から海《うみ》を見た日、ぼくは不安《ふあん》でいっぱいだった。こんな町、来《き》たくなかったって思《おも》った。

でも今《いま》はちがうよ。友《とも》だちもできなくて、学校に行くのもいやだったけど、そのおかげで、じいちゃんやゆきねえちゃんと仲良《なかよ》くなれた。このことは、ぼくにとって最高《さいこう》の出来事《できごと》。

それに、なんとなくわかった。ぼくは、ぼくなんだって。

弱《よわ》っちいところたくさんあるけど、それ全部《ぜんぶ》まざってぼくができあがって

る。

でも、ぼくはぼくをきらいにならない。

ゆっくりでいいんだ。

ひとつずつゆっくりでいいから、変《か》わっていけるんだ。

となりで夕焼《ゆうや》けを見ている母《かあ》さん。母《かあ》さんもおんなじかもしれない。そんな気がした。

「浩介《こうすけ》、お腹《なか》すいたね。帰《かえ》ろうか」

「うん」

「夕《ゆう》ごはん、何作《なにつく》ろっかなあ」

「えっ？　いつもおばあちゃん作《つく》ってるのに、今日《きょう》は母《かあ》さん作《つく》るの？」

「あっ、まちがった。今日《きょう》は何作《なにつく》ってくれるのかなあ」

「おばあちゃんの作《つく》るもの、なんでもおいしいからなんでもいい！」

「そうだね。じゃあ家《いえ》まで競走《きょうそう》！」

ぼくたちの長《なが》いかげが、坂道《さかみち》を右へ行《い》ったり、左へ行《い》ったり。笑《わら》い声《ごえ》が、ころころとついてくる。

家《いえ》に帰《かえ》ると、もう夕《ゆう》ごはんはできていた。

「おなかぺっこぺこ！」

ぼくは、ごはんをおかわりした。

最近《さいきん》は、おばあちゃんとの生活《せいかつ》もすっかり慣《な》れた。ぼくが、ぼうっとしてても、まるで気にしてないみたいに、ほっといてくれるから、いごこちがいい。

なんとなく、三人の歯車《はぐるま》があってきたみたい。

5

いつのまにか、秋《あき》になって落葉《おちば》がいっぱいの公園《こうえん》。

そして冬《ふゆ》。雪《ゆき》がふって坂道《さかみち》はつるつる。すべってころんでの地獄坂《じごくざか》。

季節《きせつ》がどんどん変《か》わっても、ぼくは、あいかわらず、きくち駄菓子屋《だがしや》に行《い》って、じいちゃんのじろっを見る。ゆきねえちゃんは、全然来《ぜんぜんこ》なくなった。受験勉強《じゅけんべんきょう》でいそがしいんだって。

長《なが》い冬《ふゆ》。きくち駄菓子屋《だがしや》の入口《いりぐち》は、ガラス戸《ど》がぴったりしてないから、つめたいすきま風《かぜ》が入る。

「じいちゃん、今日《きょう》もだれも買《か》いに来《こ》ないね」

「今日《きょう》もは、よけいだ。こっちに来《き》てストーブにあたれ」

「うん」

あいかわらず、じいちゃんはあんまりしゃべらない。ぽつりぽつりと続《つづ》く、ぼくたちの会話《かいわ》。その静《しず》かな時間《じかん》がぼくは好《す》き。


じゃばじゃばの雪《ゆき》どけがはじまって、ようやく春《はる》が来《き》たある日。きくち駄菓子屋《だがしや》に行《い》ったら、ゆきねえちゃんがいた。

「浩介《こうすけ》！」

「あっ、ゆきねえちゃん！」

「うわぁ、ちょっと見ない間《あいだ》に、ちょっとだけ大きくなったか」

「ちょっとだけ？」

「そう。でもさ、すっかり元気《げんき》な男の子って感《かん》じだよ」

「うん」

ぼくは友《とも》だちもできて、学校に行《い》くのも楽《たの》しくなってた。

「浩介《こうすけ》！　わたし、大学受《う》かったよ」

「わぁ、おめでとう！」

「うん、ありがとう」

「じゃあ、またここに来《こ》れるの？」

「休みのときは、おじいちゃんと浩介《こうすけ》に会《あ》いに来《く》るよ」

「絶対約束《ぜったいやくそく》だよ」

ぼくはよろこんでいった。でもじいちゃんは、ぼそっといった。

「がんばってしっかり勉強《べんきょう》してろ。この店《みせ》には、そんなに来《こ》なくていい」

「まったく、これだからおじいちゃんは感《かん》じ悪《わる》いっていわれるんだよ。わかりましたよ。私《わたし》は来《き》たいときに来《き》ます！」

「勝手《かって》にしろ」

「勝手《かって》にしまーす！」

「ゆきねえちゃんは、大学で何《なに》を勉強《べんきょう》するの？」

「わたしはね、お医者《いしゃ》さんになる勉強《べんきょう》だよ」

「えーっ、そうかあ……。今《いま》までよっぽど勉強《べんきょう》したんだなあ」

ぼくは、思《おも》わずつぶやいてしまった。

「あはは……。そうよ、よっぽど勉強《べんきょう》したよ」

ゆきねえちゃんなら、きっとかっこいいお医者《いしゃ》さんになるだろうな。

「浩介《こうすけ》は、大きくなったら何《なに》になりたい？」

「ぼく、今《いま》のところなりたいものないよ」

「そうか。わたしも浩介《こうすけ》と同《おな》じ歳《とし》のころは、何《なん》にもなかったなあ」

「ふーん」

「いいんだよ。それはまだ、なりたいものに出会《であ》ってないんだから」

「これから見つかる?」

「そう。これから見つかるさ」

ゆきねえちゃんと話《はな》してたら、やっぱり安心《あんしん》して力がわいてくる。

それからゆきねえちゃんは、大学の休《やす》みのときは、ほんとうにきくち駄菓《だが》子屋《しゃ》に来《き》て、ぼくたち三人でいろいろな話《はなし》をした。じいちゃんは、あいかわらずあんまりしゃべらないけど、なんだかうれしそう。

友《とも》だちと遊《あそ》ぶのも大好《だいす》きだけど、ぼくにとってきくち駄菓子屋《だがしや》は、ないと困《こま》るすごく大切《たいせつ》な場所《ばしょ》。

6

この町に来《き》て二年がたち、ぼくは六年生。

いつものようにきくち駄菓子屋《だがしや》に行《い》ったら、あれ？　いない。

「じいちゃん？　じいちゃん？」

何《なに》かいやな予感《よかん》がして、おくの部屋《へや》をのぞいた。

「じいちゃん！」

じいちゃんがテーブルのそばでたおれてた。ぼくは、ふるえる手《て》でゆきねえちゃんに電話《でんわ》をした。

「浩介《こうすけ》！　救急車呼《きゅうきゅうしゃよ》ぶから。悪《わる》いけど、救急車《きゅうきゅうしゃ》が来《く》るまでおじいちゃんのそばにいて！　わたしもすぐそっちに向《む》かうから」

「うん、わかった」

ぼくは何《なに》もできなかった。ただじいちゃんのそばで、石みたいにかたくなってすわってるだけ。

そのうち、ピーポーピーポーと救急車《きゅうきゅうしゃ》のサイレンの音。

その夜《よる》、じいちゃんはもう目をあけなかった。

じいちゃんのじろっを見ることは、もうできない。

7

じいちゃんのお通夜《つや》は、雨ふりだった。

ぼくは、母《かあ》さんとお通夜《つや》に行《い》った。母《かあ》さんには、じいちゃんの話《はなし》をしてたし、浩介《こうすけ》がずいぶんお世話《せわ》になったんだねと感謝《かんしゃ》してた。

じいちゃんの写真《しゃしん》がかざられていた。写真《しゃしん》が大きらいのじいちゃんらしく、若《わか》いときの写真《しゃしん》だ。ぼくがいうのもなんだけど、かなりいい顔《かお》をしてる。

初《はじ》めて、ゆきねえちゃんのお父《とう》さんとお母《かあ》さんに会《あ》った。

「浩介《こうすけ》くんね。今《いま》まで、おじいちゃんのこと、ありがとう」

お父《とう》さんとお母《かあ》さんにお礼《れい》をいわれた。

「おじいちゃんはね、前《まえ》に浩介《こうすけ》くんのことを自慢《じまん》してたわ。おれには、小学

生の友《とも》だちがいるんだって」

お母《かあ》さんにいわれて、ぼくはなみだがふきだした。

「ほんとにありがとう」

お母《かあ》さんが、ぼくに頭《あたま》を下げた。ぼくは、いっぱい首《くび》を横《よこ》にふった。ぼくの方《ほう》がありがとうございますなんだ。ゆきねえちゃんが、ぼくの頭《あたま》をごしごしした。

「浩介《こうすけ》！　ありがとうね」

それから、みんなで少《すこ》し食事《しょくじ》をした。ぼくは、ゆきねえちゃんのとなりにすわる。

「ぼくが聞《き》いたじいちゃんの最後《さいご》の言葉《ことば》って、なんだと思《おも》う？」

「うーん、浩介《こうすけ》もいい子に育《そだ》ったなあとか？　ちがうな、おじいちゃんがそんなこというわけないか。明日《あした》もまた来《こ》い！　とか？」

「はずれ！『そろそろ、扇風機《せんぷうき》出さないとなあ』だよ」

「そっか」

「じいちゃん、何十年《なんじゅうねん》も生きてきて、数《かぞ》えきれない言葉《ことば》をいってさ、ぼくが聞《き》いた最後《さいご》の最後《さいご》の言葉《ことば》が扇風機《せんぷうき》のことだよ」

「いいなあ。幸《しあわ》せな言葉《ことば》だと思《おも》うよ。おだやかな毎日《まいにち》だったってことだもの。明日《あした》もあさっても、また朝《あさ》をむかえられるって信《しん》じていたおじいちゃんの日常《にちじょう》の普通《ふつう》の言葉《ことば》」

「そっか。そんなもんか」

「そう。そんなもんだよ」

「ゆきねえちゃんが聞《き》いた、じいちゃんの最後《さいご》の言葉覚《ことばおぼ》えてる？」

「うーん、この間来《あいだき》て帰《かえ》るときに『おじいちゃんまた来《く》るね』っていったら、『そんなに来《こ》んでいい』ってさ。笑《わら》えるよ。おじいちゃんらしい」

「ふふっ。ほんとだね」

扇風機《せんぷうき》を出さないままになったきくち駄菓子屋《だがしや》。ガラス戸《ど》の向《む》こう側《がわ》にしめきったカーテン。

じいちゃんはもういない。そこだけ時間《じかん》が止《と》まってるみたいだ。ぼくは毎《まい》日《にち》、その前《まえ》を通《とお》って学校に行《い》く。

8

ある日のこと。ラッキーなことに、今日《きょう》は開校記念日《かいこうきねんび》で学校はお休み。ぼくは、ゆきねえちゃんと待《ま》ち合《あ》わせをして、きくち駄菓子屋《だがしや》に行《い》った。

ブルドーザーが、ちょうど店《みせ》をとりこわそうとしていた。小さな店《みせ》だから、簡単《かんたん》にこわしていく。大きな音と共《とも》に看板《かんばん》が落《お》ちた。

ぼくは、なみだが止《と》まらなくて何度《なんど》も目をこすった。初《はじ》めてきくち駄菓子《だがし》屋《や》に飛《と》びこんだ日を思《おも》い出《だ》した。それから毎日《まいにち》、お菓子《かし》をながめて、くじを引《ひ》いて、じいちゃんのじろっを見た。じいちゃんはいつも古《ふる》ぼけたいすにすわってたっけ。

今《いま》、ぼくの目の前《まえ》では土ぼこりがまって、何本《なんぼん》もの柱《はしら》やかべが、ものすごい音をたてている。ゆきねえちゃんがかみしめるようにいった。

「浩介《こうすけ》、よく見ておくんだよ」

「うん」

「おじいちゃんは、わたしと浩介《こうすけ》の心《こころ》の中にいるでしょ」

「うん、いる」

「見えないものは、だれにもこわせないってことだよ」

「うん、わかった」

地面《じめん》には、ガラクタみたいにぺしゃんこのきくち駄菓子屋《だがしや》が広《ひろ》がっていた。ぼうっと見てたら、ゆきねえちゃんがいった。

「浩介《こうすけ》、今日《きょう》はありがとう。私《わたし》、午後《ごご》から授業《じゅぎょう》だからもう行《い》くね」

「うん」

「浩介《こうすけ》、また会《あ》おう」

「うん、じいちゃんの代《か》わりにいってやるよ。ちゃあんと勉強《べんきょう》しろよ」

「あはは。浩介《こうすけ》にその言葉《ことば》、そのまんまかえすよ」

「いや、かえさなくていい」

「じゃあね」

ゆきねえちゃんの後《うし》ろすがたは、かっこよかった。


公園《こうえん》に行《い》ってみようかな。フウフウいいながら地獄坂《じごくざか》をのぼる。

公園《こうえん》につくと、だあれもいない。カサカサ、落葉《おちば》の音だけがする。下を見おろすといつもの見慣《みな》れた町並《まちな》み。

でも、一っちがうのはきくち駄菓子屋《だがしや》がなくなったこと。そこで、じいちゃんとゆきねえちゃんに会《あ》えた。なんだか、ぼくの体中《からだじゅう》があったかい気持《きも》ちでいっぱいになった。

だれかと出会《であ》うって、いろんなことにつながっていくんだ。
ぼくの心《こころ》の中《なか》にきくち駄菓子屋《だがしや》はずっといる。
目をとじると思《おも》い出《だ》すんだ。
せまくて、ちょっとごちゃごちゃしたおかしの場所《ばしょ》。
ビッグカツとか、きなこ棒《ぼう》とか。
何《なに》がどこにあるか、全部《ぜんぶ》覚《おぼ》えてる——。

かさいまり

北海道生まれ。北海道芸術デザイン専門学校卒業。心のゆれを丁寧に表現したお話作りを続けている。読み語り用CDを作り、独自の世界を展開し、全国各地で講演を行っている。作品に、「こぐまのクーク物語」シリーズ(KADOKAWA)、『ぴっけやまのおならくらべ』(ひさかたチャイルド)、『くれよんがおれたとき』(くもん出版)、『かあちゃんえほんよんで』(絵本塾出版)、『えらいこっちゃのようちえん』(アリス館)ほか多数。日本児童出版美術家連盟会員、日本児童文芸家協会会員。

しのとうこ

イラストレーター。『ダブルクロス The 3rd Edition』(KADOKAWA)をはじめとするTRPG関連書籍、『ぼんくら陰陽師の鬼嫁』(KADOKAWA)、『薬屋のひとりごと』(主婦の友社)などの文庫レーベルで装画、挿絵を担当。

きくち駄菓子屋《だがしや》

発行　2018年1月31日　初版発行

文　かさいまり
絵　しのとうこ
デザイン　坂川栄治+鳴田小夜子(坂川事務所)
発行人　田辺直正
編集人　山口郁子
編集担当　湯浅さやか
発行所　アリス館
東京都文京区小石川5-5-5　〒112-0002
電話03-5976-7011　FAX03-3944-1228
http://www.alicekan.com/
印刷所　株式会社光陽メディア
製本所　株式会社ハッコー製本

ISBN978-4-7520-0824-8 NDC913 88P 20cm
落丁・乱丁本は、おとりかえいたします。定価はカバーに表示してあります。